PUM
ZAS

LA LLEGENDA DEL MAR

Casp, 79 – 08013 Barcelona
Tel.: 902 107 007
combeleditorial.com
agusandmonsters.com

Disseny de la col·lecció: Estudi Miquel Puig

Segona edició: abril de 2016
ISBN: 978-84-9101-058-6
Dipòsit legal: B-5490-2016
Printed in Spain
Imprès a Índice, SL
Fluvià, 81-87 – 08019 Barcelona

LA LLEGENDA DEL MAR

JAUME COPONS &
LILIANA FORTUNY

COMBEL

1

COMENCEN LES VACANCES

Anar a l'escola sempre m'ha semblat un pal infinit, però, inexplicablement, cada vegada que s'acaba un curs sento una tristor que no sé explicar. I això és el que sentia el darrer dia de classe mentre acabava de recollir les meves coses.

Abans de marxar de l'escola vaig passar per la biblioteca, per recollir el llibres que l'Emma, la bibliotecària, m'havia preparat per a l'estiu. Però, si no hagués estat així, tampoc no me n'hauria anat sense acomiadar-me'n. Érem amics.

Quan vaig arribar a casa, no sé per què, vaig sentir l'impuls de llegir una carta que teníem damunt la taula des de feia dies. I com que estava adreçada a la família Pianola, em va semblar que hi tenia tot el dret.

No m'ho podia creure! També ens havia tocat el viatge de l'Ajuntament!

Vaig comentar als meus amics el que havia passat amb la rifa de l'Ajuntament i, quan vaig explicar que a la Lídia i a l'Emma també els havia tocat el viatge, en Ziro va començar a inquietar-se.

Vaig anar a buscar la carta i, entre tots, la vam examinar detingudament.

Ajuntament de Galerna
Oficina de Bones Notícies per als Veïns

Benvolguda Família,

L'Oficina de Bones Notícies per als Veïns de l'Ajuntament de Galerna us fa saber que, juntament amb altres veïns de la ciutat, heu guanyat un sorteig.

No us poseu en contacte amb nosaltres. No cal. Simplement el darrer dilluns de juny sigueu a les 9 del matí a l'Aeroport de Galerna, Terminal 1, porta A.

Viureu una aventura a La Llegenda del Mar, una illa paradisíaca i deserta. Sereu com Robinson Crusoe, però amb tots els luxes que us mereixeu el veïns de Galerna.

No dubteu i feu les maletes! El vol DR-2 18 15 20 us deixarà a La Llegenda del Mar i, una setmana més tard, us recollirà per portar-vos de nou a Galerna. No us ho podeu perdre! Serà l'aventura de la vostra vida!

Atentament,
Director de l'OBNV

Realment, pensant-hi bé ja es veia d'una hora lluny que aquella rifa de viatges no era gaire normal. Vam entrar a Internet i vam comprovar que l'Ajuntament no tenia cap oficina amb aquell nom estrafolari. Però aquesta no era l'única cosa estranya.

El Sr. Flat no les tenia totes perquè aquell nom, La Llegenda del Mar, li sonava molt. Però va ser en Ziro qui, gràcies als seus càlculs, va deixar clar el que estava passant.

De cop i volta, va saltar l'alarma. Que darrere d'aquella carta hi hagués el Dr. Brot, signifiqués el que signifiqués, no podia ser bo. I aleshores el Sr. Flat va dir una cosa que, així d'entrada, sonava una mica estranya.

El Sr. Flat tenia raó. No podíem deixar les nostres amigues en mans del maleït Dr. Brot.

Un cop vam decidir que calia anar a La Llegenda del Mar, calia resoldre un problema, un dels grossos: els meus pares.

Em va faltar temps per posar els monstres dins la bossa i anar-me'n a casa de l'Emma. I, de camí, vaig assajar tot el que li havia de dir.

L'Emma va tenir una llarga conversa amb els pares. Resumint molt, les tres coses importants que els va dir van ser les següents:

a) Jo tindria l'oportunitat de viure una experiència única i molt educativa.
b) Ella, l'Emma, seria la meva tutora a l'illa.
c) Ells, els meus pares, podien estar ben tranquils.

Aquell vespre ens vam tornar bojos. Vam haver d'organitzar el viatge en un temps rècord mentre la mare m'atabalava amb els seus recordatoris i consells.

Però els consells de la mare eren poca cosa comparats amb els discursets inacabables del pare.

Havent sopat, i ja més tranquils, vam remenar els llibres de l'Emma. I tots, poc o molt, tenien a veure amb el mar. Segurament el viatge a l'illa hi havia influït.

El Sr. Flat va triar *Tifó*, de Joseph Conrad, que explica la història de com el capità Mac Whirr, un home gris, poc heroic i gens brillant, ha de fer front a un terrible tifó per salvar el seu vaixell, la tripulació i els xinesos que transporta sota coberta.

2

LA LLEGENDA DEL MAR

No voldria exagerar, però em sembla que quan em va veure a l'aeroport, la Lídia va tenir una gran sorpresa. I jo també en vaig tenir una: el nostre avió no era un avió. Era un helicòpter!

Quan feia mitja hora que volàvem, vaig treure un llibre de la bossa i em vaig posar a llegir en veu alta per tal que als monstres el viatge no se'ls fes tan feixuc. Vaig triar *El vell i la mar*, una novel·la d'Ernest Hemingway, Premi Nobel de Literatura de l'any 1954.

Amb *El vell i la mar* vam viure la lluita d'un vell pescador per capturar un gran peix espasa. El pescador, que passa per tota mena de penalitats, no està disposat a deixar anar la seva presa. Finalment pesca el peix espasa, però quan arriba a terra els taurons ja l'han devorat quasi del tot.

Quan el vol ja començava a fer-se pesat, vam veure una illa preciosa i, llavors, el pilot ens va avisar: estàvem arribant a La Llegenda del Mar. De sobte s'entenia perfectament per què no hi havíem pogut anar amb avió. No hi havia aeroport ni pista d'aterratge. Només una platja meravellosa.

L'helicòpter va aterrar en una platja espectacular, on vam ser rebuts per l'Ignatius, un tipus molt amable i una mica estrafolari que, segons ens va dir ell mateix, era l'encarregat que la nostra estada a l'illa fos perfecta.

Pel que fa a mi, sé que no estic en el meu millor moment, però sóc paracaigudista, ciclista, surfista, escafandrista, motorista i un munt de coses que acaben en -ista, com ara maquetista!
Doncs ningú no ho diria!
A la cabana tenim menjar, begudes, aire condicionat, jacuzzi, sauna finlandesa i bany turc. I també tenim pilotes, planxes de surf, tauletes, ordinadors portàtils i els trastos i artefactes més moderns, inesperats i innecessaris per passar una setmana fantàstica.
I llibres? Què passa amb els llibres!!! Sort que n'hem portat!!! Quin món!!!

Mentre l'Emma, la Lídia i el seu pare començaven a gaudir d'aquell paradís, els monstres i jo vam pujar dalt d'un turó proper a la platja. Volíem inspeccionar bé l'illa per veure si trobàvem cap rastre del Dr. Brot. Per a nosaltres era bàsic tenir-lo controlat.

Quan vam ser dalt del turó, en Brex va inspeccionar l'illa amb una ullera de llarga vista, que va improvisar, però no va trobar cap pista del Dr. Brot. De moment, podíem estar tranquils. Però llavors... llavors es va produir el gran catacrac!

El Sr. Flat havia lligat caps: La Llegenda del Mar no era el nom de l'illa on érem. Només era un dels molts noms que rebia Il·lògica a l'*Atles dels llocs que probablement no existeixen*, un llibre que el Sr. Flat havia llegit anys enrere.

El Sr. Flat va ser molt clar: qui creuava el pont d'Il·lògica, el pont que unia les dues parts de l'illa, entrava en un món sense llei ni cap ni peus, sense cap lògica, un món on qualsevol cosa era possible.

N'hi havia per quedar petrificat, però no ens vam quedar de pedra, sinó que vam sortir disparats, rodolant turó avall. Calia impedir que ningú s'apropés al pont d'Il·lògica. I, a més a més, era necessari construir immediatament un vaixell abans que l'illa s'enfonsés!

3

ABOCATS AL DESASTRE

Vam arribar a la platja esbufegant. I la primera persona que vam trobar va ser el Sr. Lines, que estava pescant tranquil·lament. Li vaig demanar on eren la Lídia i l'Emma i em va donar la pitjor notícia que em podia donar.

Després d'aquella lamentable notícia, ens va agafar l'esverament. No podíem deixar de parlar i moure'ns compulsivament per la platja. Sort que el Sr. Flat i en Ziro van conservar la calma.

Els nervis ens havien jugat una mala passada, però el Sr. Flat va aconseguir que, més o menys, ens calméssim, i llavors en Ziro va aprofitar per posar una mica d'ordre.

Vam fer el que en Ziro proposava, perquè era el més assenyat. I jo vaig ser l'encarregat de parlar amb el pare de la Lídia. De fet, només vaig parlar jo perquè, tan aviat com li vaig explicar el que estava passant, el pobre home es va quedar mut del tot i completament immòbil.

El Sr. Lines no va dir ni piu. Jo m'hauria conformat amb un dels seus «macos», cosa que odiava, però ni això. El pare de la Lídia semblava un zombi. Es limitava a respirar, i amb prou feines!

Pel que fa a l'Ignatius, ens temíem que fos un sequaç del Dr. Brot, però quan hi vam parlar de seguida va quedar clar que el pobre home havia estat tan enganyat com l'Emma, la Lídia i el Sr. Lines. I el seu futur, si nosaltres no l'haguéssim avisat, hauria estat enfonsar-se amb nosaltres i amb l'illa.

El pobre Ignatius havia estat contractat amb un sou de pena per fer-nos d'amfitrió aquella setmana. I tot i que es trobava embolicat en una història que ni li anava ni li venia, es va posar del tot de la nostra part.

Un cop resolt o mig resolt el tema del pare de la Lídia i de l'Ignatius, va arribar el moment de decidir qui es quedaria a l'illa per construir el vaixell i qui aniria a la recerca de la Lídia i l'Emma.

Tots volíem anar a buscar la Lídia i l'Emma, però calia construir el vaixell i també era necessari tenir cura del Sr. Lines. Va costar una mica, però es va acabar imposant la raó i uns quants monstres van decidir quedar-se, entre altres coses perquè ja es veia que l'Ignatius tot sol no se'n sortiria.

I va arribar el moment del comiat. I, així, a bord d'una embarcació lleugera que va improvisar en Brex, vam dir adéu als nostres amics. Ningú no ho va expressar, però a tots ens va passar pel cap que potser seria la darrera vegada que estaríem junts.

Sr. Lines, li prometo que tornarem amb la Lídia i amb l'Emma.
Però, què li dius? Que no veus que està en xoc!
Tant és! Estic segur que m'entén igualment!
Tinc por! Tu tens por, Ziro?
Es pot saber per qui m'has pres? Em moro de por!

4

UN MÓN ESTRANY

Un cop vam haver passat pel pont d'Il·lògica, el primer que vam veure va ser una mena de plataforma petroliera plena de gent que empaquetava i traginava milers d'ànecs de plàstic de color groc. Era estrany i, si voleu, absurd, però res no feia pensar que haguéssim entrat en un món perillós.

Vosaltres sabreu el que feu...

Passada la plataforma dels ànecs, vam navegar per un mar tan normal que vaig arribar a pensar que el Sr. Flat havia exagerat amb els desastres terribles que podíem trobar. I justament pensava això quan, de cop i volta, com si el mar s'acabés, vam caure pel salt d'aigua més bèstia que sigueu capaços d'imaginar.

Encara no ens havíem refet de la caiguda i la mullena, quan vam començar a sentir com si algú toqués un gran tambor d'una manera monòtona i constant.

Era una galera romana!!! I quan els romans que hi havia a coberta ens van llançar unes cordes perquè pugéssim a bord, vam pensar que ens volien ajudar. Però ens equivocàvem. Les seves intencions eren ben diferents.

Els romans ens van portar sota coberta i allà vam trobar un munt d'homes encadenats que remaven al so del tambor que havíem sentit. I, és clar, a nosaltres també ens van encadenar.

Quan vaig agafar confiança amb en Judà, li vaig ensenyar la foto de l'Emma i la Lídia.

Remar és esgotador! I quan el tipus del tambor va accelerar el ritme ja es va fer insuportable. En aquest punt, l'Emmo ja en va tenir prou i va parar de remar. Llavors l'home del tambor el va insultar, i l'Emmo... Bé, diguem que l'Emmo va reaccionar.

Els romans van marxar nedant com bojos per allunyar-se de l'Emmo mentre els remers i nosaltres celebràvem que érem lliures. Però, tot d'una, vam sentir una veu que ens donava l'alto. Era una llanxa de la policia marítima!

Els policies no van fer cas dels meus advertiments i, a més, van cometre un error gravíssim, cosa que va fer que tot s'emboliqués una mica.

Potser t'hauries de relaxar una mica, Emmo!
Ho sé, Flat. Ho sé! Però és que entre l'esclavitud i això de la violència policial...
Hauríem d'anar tirant. Ja ens hem entretingut prou!

En Judà i els seus companys es van quedar la galera i nosaltres, com que els policies van marxar nedant i, a més, no érem gaire de remar, ens vam quedar la llanxa. I, un cop ens vam haver acomiadat dels nostres companys de rem, vam fer rumb cap a l'Illa del Volcà.

5

D'ILLA EN ILLA

Mentre anàvem cap a l'Illa del Volcà, va ser un no parar de veure coses impressionants i incomprensibles. I, gràcies a la càmera del pare, vaig fer unes fotos espectaculars. Aquí en teniu algunes:

Vam descobrir una illa feta de caca de gavina i gavinots. Milers i milers de quilos de caca!
També vam trobar éssers meravellosos.
I, finalment, vam veure una guerra en directe entre dues armades que es bombardejaven l'una a l'altra incansablement.

Malgrat tot, les coses anaven prou bé fins que vam començar a tenir set. Era absurd, però cap de nosaltres no havia pensat a portar aigua! I, com que feia un sol de justícia, ens va començar a agafar una set terrible. Sort que uns regatistes que vam topar ens van dir on podíem trobar aigua.

Estàvem convençuts que el pou dels Records era una illa o un illot, però va resultar que era un pou! Un pou autèntic al bell mig del mar! Fos com fos, estàvem salvats! O això era el que ens pensàvem, perquè l'aiguader no ens ho va posar gens fàcil.

Què vol dir això de sucar un text en l'aigua?
I si no hi suquem cap text...?
Doncs que l'últim que ha passat per aquí ha sucat una novel·la, *Tarzan, rei dels simis*, i ha marxat fent crits i copejant-se el pit amb els punys!
Ah, en aquest cas, l'aigua només és aigua!
Doncs en aquest cas... Ens en pot donar cinc litres?
Jo no dono aigua. En venc!
És que no portem diners...
Qui ha dit que vulgui diners? He dit que venc aigua!
Aleshores què vol?
Això que portes penjat al coll!
La càmera?!?
El pare em matarà!

Sense càmera, i després d'haver begut, vam continuar endavant. I en un dels estranys moments de tranquil·litat, en Hole ens va fer notar que no corria ni gota d'aire.

I, en efecte, vam passar de la manca d'aire a un vent embogit. I, en poc més d'un instant, ens vam veure tots a l'aigua. I quasi millor, perquè la nostra llanxa de la policia va sortir volant.

Vaig sentir que les forces m'abandonaven i, probablement per la manca d'oxigen, vaig començar a tenir al·lucinacions. Em va semblar que algú ens recollia de l'aigua i ens protegia de les amenaces de tota mena de bèsties marines. Fins i tot em va semblar sentir veus.

Deixeu el nen i els monstres sans i estalvis en un lloc segur.
A les seves ordres, Capità Nemo!

Sense saber què hi havia del cert en el que havia cregut veure i sentir, em vaig despertar envoltat pels meus amics en una platja on dos nois ens observaven encuriosits.

Els pirates ens van portar al que ells anomenaven el Centre de Pirateria, i llavors ens vam adonar que no eren pirates com els del Carib, sinó pirates informàtics!

Vam parlar amb tothom, però cap dels pirates del Centre de Pirateria no havia vist l'Emma ni la Lídia. I tot i que semblaven simpàtics i bona gent, em van acabar posant molt nerviós i, al final, vaig esclatar.

I tant que hi havia hagut una confusió! No érem a l'Illa del Volcà! Érem a Utopia, una illa immensa i pràcticament deshabitada on s'havien instal·lat els pirates informàtics després d'anys de voltar per aquell món estrany.

Quan vam explicar que volíem anar a l'Illa del Volcà, els pirates informàtics ens van prendre per bojos. I quan vam insistir-hi i els vam demanar que ens ajudessin, s'hi van negar en rodó.

Vaig resumir-ho tot en un únic motiu: estimàvem les nostres amigues! I es veu que això va tocar el cor dels pirates informàtics. Per això, finalment, ens van dir que ens ajudarien i ens enviarien a l'Illa del Volcà. Però què volia dir exactament que «ens hi enviarien»?

Va resultar que el mètode de transport dels pirates informàtics era tan boig que vam trigar una estona a saber si feien broma o parlaven seriosament. I resulta que parlaven molt seriosament.

No ens va quedar gaire clar si el projectil era segur o no, però si volíem anar a l'Illa del Volcà no teníem cap altra manera de fer-ho. I va ser tota una experiència.

6

L'ILLA DEL VOLCÀ

La patacada va ser de les bones, però vam aconseguir arribar a l'Illa del Volcà. I, tot i que estàvem ben matxucats, un cop vam ser fora del projectil de seguida vam tenir l'estranya sensació que algú ens observava.

Tot just havíem aconseguit refer-nos una mica quan vam tenir un ensurt monstruós: de cop i volta, ens va atacar un monstre immens. Sortosament, els meus amics es van adonar que no era un monstre real. És clar..., enganyar els monstres amb un monstre, ja es veu que no va enlloc.

El fals monstre era manipulat per uns nàufrags que ens miraven molt sorpresos, sense entendre per què no teníem por.

Quan ens van agafar confiança, va quedar molt clar que els nàufrags eren força amables. Ens van explicar que ocupaven un petit espai de l'illa i que, gràcies al seu monstre, havien aconseguit que els salvatges i els pirates, que ocupaven la resta de l'illa, no els molestessin.

I per què piquen pedra?
No se sap... Busquen alguna cosa, però no se sap què.
I el volcà no és perillós?
No, no ho crec. Deu ser l'única cosa de l'illa que no és perillosa. Fa milers d'anys que està inactiu!

Estàvem decidits a reprendre el camí, però els nàufrags estaven encantats de tenir-nos a l'illa i no sabíem con dir-los que havíem de marxar. Estaven avorrits de parlar entre ells i, com que nosaltres érem una novetat...

Els nàufrags es van tornar bojos d'alegria amb la novel·la. I el Sr. Flat no es va estar de llegir-nos-la a la llum de la foguera. I així, tots vam recordar com en Robinson Crusoe aconseguia sobreviure en una illa deserta.

Agraïts per la lectura, i sobretot perquè vam decidir regalar-los la novel·la de Daniel Defoe, els nàufrags ens van ensenyar un mapa de l'illa, que custodiaven com un gran tresor. I així va ser com, més o menys, vam saber què ens esperava en el nostre camí.

Selva
Volcà
Ciutat dels Pirates
Mar dels Taurons
Zona dels Nàufrags

Un cop vam tenir el mapa estudiat i memoritzat, vam acomiadar-nos dels nàufrags i vam fer via cap a la selva. Ens esperava un llarg camí fins a la Ciutat dels Pirates.

7

CIVILITZATS, TANMATEIX

Tal com ens van dir els nàufrags, vam caminar bona part de la nit en silenci. Bé, això és el que intentàvem, però em sembla que ens vam fer notar una mica.

I què, què? Hi falta gaire?
Xxxt! Voleu callar?

De cop i volta, com sorgits del no-res, un grup de guerrers amb unes màscares terrorífiques ens van sortir al pas. I no semblaven gaire contents d'haver-nos trobat.

Els guerrers ens van portar fins al seu poblat i ens van tancar dins d'una cabana. La situació era desesperada. Però quan en Hole va fer un petit forat a la paret per veure què passava a fora, vam tenir una gran sorpresa.

Sense les seves màscares horribles, aquells guerrers ferotges eren gent ben normal! Ni tan sols eren salvatges, vestien com jo i vivien en un poble ben normal!

Quan vam parlar amb els falsos salvatges, vam descobrir que eren educadíssims i que només es feien passar per salvatges perquè tenien por dels nàufrags i dels pirates. Estaven una mica viciats amb els videojocs, això sí que ho tenien, però, fora d'això, eren ben normals i agradables.

Anàvem camí de la Ciutat dels Pirates?
Sou bojos o què? Els pirates us faran esclaus o bé...
O bé ens llançaran als taurons, oi?
L'únic que volem és anar a la ciutat pirata per rescatar unes amigues nostres...
Són bona gent, però són bojos! Molt bojos!

Tal com havien fet els nàufrags, els falsos salvatges van intentar fer-nos entendre que anar a la Ciutat dels Pirates era un perill. I com que s'estaven posant pesadets, se'm va acudir fer un discurset com els del meu pare per veure si entenien per què hi havíem d'anar.

El meu discurs va commoure els falsos salvatges, i llavors van decidir ajudar-nos! Ens van deixar clar que havíem d'oferir al capità B. Batolomè Finn alguna cosa que el pogués interessar. I després d'aquest consell em van donar tot de roba perquè em disfressés de pirata. Així passaria desapercebut a la Ciutat dels Pirates.

I així, vestit de pirata i amb els monstres dins d'una bossa, vaig reprendre el camí. Ja no pensava aturar-me fins a la Ciutat dels Pirates.

Tot i que em van aconsellar que portés els monstres a la bossa per no cridar l'atenció, l'Emmo es va posar al capdavant per obrir camí. I sort en vam tenir, perquè ens va lliurar d'uns quants perills.

I, tot d'una, l'Emmo va apartar unes plantes i, davant nostre, va aparèixer la Ciutat dels Pirates. La Jolly Roger, dalt de tot, deixava ben clar on havíem arribat.

8

LA CIUTAT DELS PIRATES

Gràcies a la disfressa de pirata vaig passar desapercebut entre els veïns de la ciutat. I, tot i que el primer que vaig fer va ser demanar si havien vist l'Emma i la Lídia, tothom va passar de mi. La gent anava per feina i es dedicava a les seves coses... Coses de pirata!

Vam decidir pujar al volcà per veure si allà teníem més sort. I, de cop i volta, quan vam mirar dins del cràter, vam veure un munt d'esclaus que picaven pedra incansablement. Hi havia nens, dones, homes, vells...

I de sobte ens vam fixar en una cosa increïble: el Dr. Brot i en Nap, fets pols, també picaven pedra.

Li vam deixar clar al Dr. Brot que, si no ens explicava què havia passat i quina era la situació, el deixaríem allà, picant pedra. I, encara que no en tenia gens de ganes, es va veure obligat a parlar.

La història del Doctor era tan absurda que, mentre l'explicava, ens havíem d'aguantar el riure.

L'ABSURDA HISTÒRIA DEL DR. BROT

Va resultar que, mentre esperaven que arribéssim a l'illa, el Dr. Brot i en Nap es van establir en un iot a prop de la platja d'Il·lògica.

El Dr. Brot va llançar el seu esquer i el corrent marí se'l va endur cap al pont d'Il·lògica.

Un cop l'esquer va ser més enllà del pont d'Il·lògica, una petita sardina rosa va mossegar l'ham.

I va resultar que les sardines roses d'Il·lògica, tot i ser diminutes, tenien una força sobrenatural.

I tot d'una, la sardina va començar a estirar el fil i el iot va sortir disparat a tota velocitat cap al pont d'Il·lògica.

Després de l'absurda història del Dr. Brot, vam continuar parlant amb ell del que realment ens interessava.

Vam anar directament a El Cuiner del Mar, per veure el capità B. Bartolomè Finn, i mentre hi anàvem, pensàvem què podíem oferir-li.

La meva idea era fer-me passar per inventor per oferir un prodigi al Capità: un robot capaç de fer les coses més increïbles. I l'Emmo, és clar, seria aquell robot. No cal dir que, d'entrada, l'Emmo es va posar una mica nerviós, tot i que després, pressionat per tots, es va avenir a col·laborar.

Quan el capità B. Bartolomè Finn em va veure arribar, va ordenar als seus homes que em llancessin als taurons, però quan li van dir que havia sobreviscut als nàufrags i als salvatges, em va donar una oportunitat.

Vaig presentar el meu robot. I tot i que l'Emmo va fer una gran exhibició, el Capità no es va mostrar gaire interessat. Tot i així, va fer una pregunta: la pregunta definitiva.

Va ser automàtic: quan el Capità va dir la paraula *forats,* vaig treure en Hole de la bossa.

Li havia vist fer molts forats a en Hole, però aquell dia es va lluir. Va deixar El Cuiner del Mar fet un formatge. Un formatge de forats, ja s'entén.

El capità B. Bartolomè Finn em va ensenyar la coberta d'una revista vella on hi havia un volcà en erupció del qual baixava un gran riu de lava.

Confós pel color de la foto, el Capità estava convençut que la lava era or!!! I per això pretenia foradar el volcà. En un instant em va passar pel cap què haurien dit el Sr. Flat, en Ziro o els altres. I llavors vaig respirar fondo i vaig dir-hi la meva.

9

DE L'ILLA DEL VOLCÀ AL VOLCÀ DE L'ILLA

Cinc minuts després d'haver parlat amb el Capità, els monstres, jo i els dos primers «esclaus» que vam triar recorríem les sinistres galeries del volcà. Però l'Emma i la Lídia no apareixien per enlloc.

Moltes galeries més tard, vaig veure uns ulls que em sonaven. Estaven tan brutes que pràcticament eren irreconeixibles, però... eren elles!

Bah, sentimentalismes! Quin fàstic!
Calli, Doctor, que rebrem!

Evidentment, quan els monstres van sortir de la bossa, la Lídia i l'Emma es van quedar perplexes.

No hi havia temps per perdre. Mentre en Hole se n'anava al fons del cràter per posar-se a foradar, jo vaig fer que tots els habitants de la ciutat em seguissin.

Vam córrer, mal m'està el dir-ho, com si ens perseguís un monstre, fins que vam arribar al poble dels falsos salvatges. I, tot i que ens va costar, amb l'ajuda dels primers tremolors de terra vam aconseguir que també ens seguissin cap a la platja.

Les bufetades no seran pitjors que el riu de lava que sortirà del volcà!
Quan el volcà esclati, caldrà ser-ne tan lluny com sigui possible! No ho veieu? Tot trontolla!

Quan vam arribar a la platja dels Nàufrags, també va caldre donar tota mena d'explicacions.

Quina mania de
salvar gent!

I, de cop i volta, el volcà va esclatar i l'erupció va ser la més bèstia de la història de les erupcions. La lava va formar un riu immens que avançava a tota velocitat cap a la platja. Allò... Allò era el final de l'illa. I potser el nostre final.

Quin horror! Més tard o més d'hora la lava arribaria a la platja i no hi podríem fer res. I llavors vam notar que el terra ens trontollava sota els peus i, d'entre la sorra, en va sortir el cap d'en Hole.

Però no! En Hole no delirava. Una rèplica exacta del Titànic avançava cap a l'illa, i els nostres amics ens saludaven des de la coberta. S'havien passat una mica a l'hora de construir el vaixell, però gràcies a això tothom se salvaria!

Tothom a bord!!!

Vam fer pujar tothom al Titànic i, després d'abraçades i petons amb els nostres amics, vam posar rumb a Utopia, el lloc perfecte on tota aquella gent podria viure en pau. Però teníem un problema: com trobaríem el camí? I com tornaríem a casa?

Són com les molles de pa del conte de Hansel i Gretel, però en versió millorada!

Els pirates informàtics van estar molt contents de rebre aquella gentada a la seva illa, perquè amb tanta gent Utopia deixaria de ser una illa avorrida. I era d'esperar que, amb el temps, tots aprenguessin a conviure. Però a nosaltres encara ens quedava un llarg camí fins a casa.

10

CREUER DE RETORN

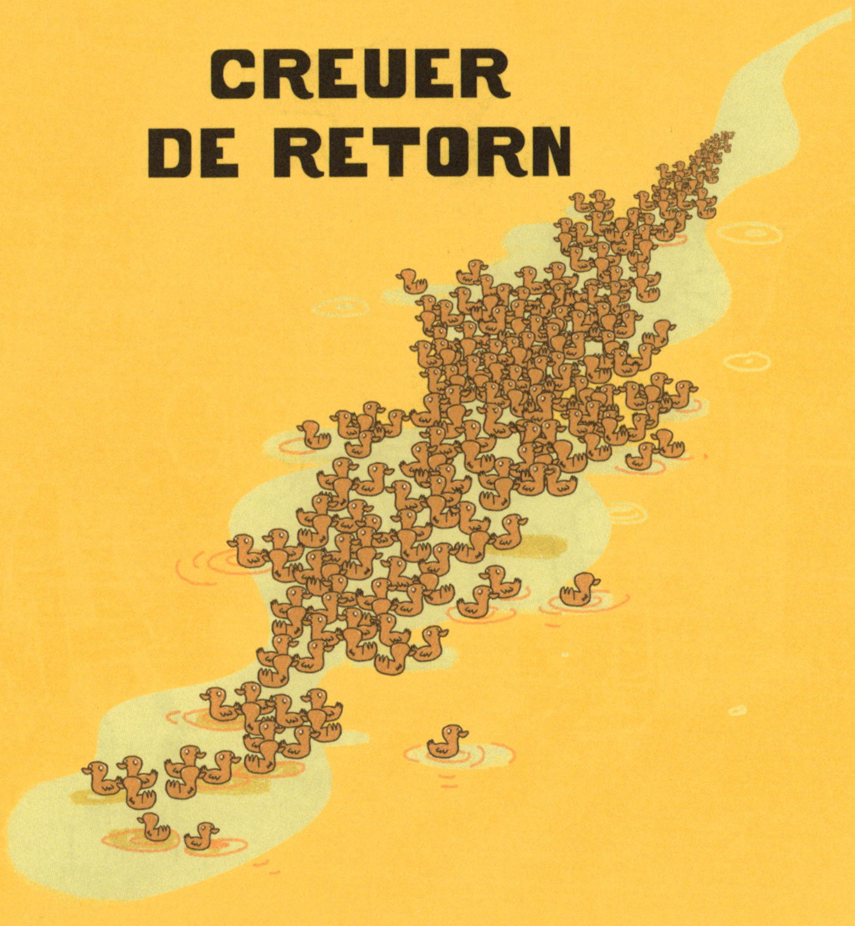

Havíem estat molt a prop d'un gran desastre i ens n'havíem sortit, però ara l'Ignatius, l'Emma, la Lídia i el seu pare sabien que els monstres existien.

Mai no oblidaré les bogeries que he vist. I a vosaltres tampoc no us oblidaré mai.
Jo tampoc no us oblidaré!
No m'hi jugaria res...

No sabia com ens ho faríem perquè la Lídia, l'Emma i el Sr. Lines oblidessin els monstres. Vaig pensar en el raig de l'Emmo, que ja havíem utilitzat altres vegades, però el Sr. Flat i el Cheff Roll em van proposar una altra solució.

Mentre tots gaudien de la travessia, em vaig dedicar a escriure el text que m'havien encomanat. La Lídia, el Sr. Lines, l'Emma i l'Ignatius estaven encantats amb els monstres. I a mi el que més m'agradava era quan arribava el capvespre, després de la posta, i ens reuníem a coberta per escoltar els llibres que agafàvem de la biblioteca del Titànic.

Gràcies als ànecs, vam arribar al pont d'Il·lògica i des d'allà vam posar rumb cap a casa. Jo vaig continuar escrivint com si m'hi anés la vida, tot i que m'interrompien molt sovint.

És patètic!!! Patètic!!! Tot el dia escrivint!!! És clar, tant de llegir... No m'estranya!
A vostè no li han fet mai una cara nova?
Al final acabarem malament! Què li costaria quedar-se calladet!

Haver d'aguantar el Dr. Brot durant aquella travessia no va ser fàcil. Van ser necessàries grans dosis de paciència per no llançar-lo per la borda.

Hauria estat fàcil deixar el Doctor a l'Illa del Volcà o llançar-lo per la borda.
No, Agus. Nosaltres no som així. I ho saps perfectament. Digues la veritat, tu l'hauries deixat?
No... La veritat és que no.

I, finalment, vam arribar al port de Galerna. I mentre el vaixell maniobrava per entrar al port, el Sr. Flat em va demanar que proposés un brindis i que l'excusés a ell i als altres monstres.

Vam brindar amb aigua, una aigua molt especial: la del pou dels Records, en la qual havíem sucat la meva història. I, mig minut després del brindis, tothom ja tenia la seva pròpia idea del que havia passat.

A mi el que més m'ha agradat ha estat nedar amb els dofins!
Jo mai no m'hauria imaginat que pogués barallar-me amb un tauró i sobreviure!
Amb això del tauró potser n'he fet un gra massa!
Això funciona!
Sí, pobres, diuen tota mena de barbaritats!
Serà un gran escriptor, l'Agus!

11

TOT PERFECTE

Una vegada vam ser a casa, va començar un llarg estiu ple de matins fent deures, tardes al parc i nits llegint amb els monstres. De cop, tot i els records que la Lídia tenia de l'illa, em semblava que tot era perfecte.

El meu pare va tenir un gran disgust quan va saber que havia perdut la càmera, però quan li vaig donar la revista del Capità ja no hi va pensar més.

L'Emma va tenir una idea genial: convertir el Titànic en un museu. I aquell estiu ella i l'Ignatius van fer escala amb el vaixell a tots els grans ports del món.

Després de tanta aventura, estar-me amb els amics a l'habitació em semblava la felicitat absoluta. Tot i que amb els llibres que ens havia passat l'Emma per a l'estiu teníem alguns problemes.

Com que estàvem una mica saturats de mar, vaig anar a casa de l'Emma per veure si em deixava algun altre llibre.

A més de llegir, aquell estiu, com que no havia d'anar a escola, vam tenir grans converses que s'acabaven a les tantes de la nit.

Sí, quan arribés aquell dia els monstres i jo ens hauríem de dir adéu. Jo me n'alegraria per ells, perquè finalment podrien tornar a casa seva, però...

Tot i que havíem deixat de llegir llibres d'aventures marineres, un d'aquells vespres ens van venir unes ganes inexplicables de veure el mar i, quan tothom dormia, vam pujar al terrat de casa cantant una cançó que l'Octosol havia compost expressament.

Vam trobar que la porta del terrat estava tancada amb clau, però, per sort, per a en Hole això no era cap problema.

Vam estar bona part de la nit en silenci, sense dir-nos res. Miràvem el mar i pensàvem en tot el que ens havia passat i en tot el que, segurament, encara ens havia de passar. I el mar era etern, com ho era la nostra amistat. I no ens calia dir res més.

I BEN AVIAT...
UNA NOVA AVENTURA:

DE LLIBRE
EN LLIBRE

Un Doctor que no recepta xarops,
un verí molt metzinós,
una aventura de llibre en llibre...
i un munt d'embolics!

Vols dir que quan parlen d'entrar en un llibre es refereixen a això?
Tampoc va tan desencaminat, el nano.

ENCARA NO T'HAS LLEGIT ELS QUATRE PRIMERS TÍTOLS DE L'AGUS I ELS MONSTRES?

Doncs què esperes?
Corre a buscar-los!

Ahhhh
AUCH!